어머님
나의어머님

어머님 나의 어머님

2024년 3월 29일 제 1판 인쇄 발행

지 은 이 ㅣ 이재희
펴 낸 이 ㅣ 박종래
펴 낸 곳 ㅣ 도서출판 명성서림

등록번호 ㅣ 301-2014-013
주   소 ㅣ 04625 서울시 중구 필동로 6(2층·3층)
대표전화 ㅣ 02)2277-2800
팩   스 ㅣ 02)2277-8945
이 메 일 ㅣ ms8944@chol.com

값 10,000원
ISBN 979-11-93543-64-1

어머님 나의 어머님

이재희 첫 시집

도서출판 명성서림

시인의 말

성장기에 운동을 좋아하여 건장한 몸으로 역도 선수를 꿈꾸어 정신없이 운동에 전념하여 태능 선수촌을 드나들며 열심히 했으나 뜻을 이루지 못하고 가장이 되었다.

할 수 없이 역도선수를 포기하고 작은 사업체로 전국에서 제일의 농약도매상을 대구에서 운영하며 나도 모르게 허전한 기분이 들었으나 그것이 무엇인지도 모르고 살아왔다. 홀어머님을 모시고 살다 보니 외로움이 더한 시간 속에 김소월 진달래 시집을 읽어보고 가슴속으로부터 오묘한 감성을 느꼈다.

부족한 정서로 외로움에 지쳐 지내다 무엇을 찾은 듯이 흐뭇한 정신적인 지주가 되어 힘이 솟아 독학으로 부족하지만 열심히 시를 써왔다.

그러고 보니 유년기 초등학교시절 백일장에 참여하여 두 번이나 상을 받은 기억으로 자신감이 들었고 나에게 천부적인 소질이 있는 것은 아닐지 하는 생각에 나름대로 시를 쓰며 외로움을 이기고 마음이 안정되어 갔다.

바로 이것이로구나 스스로 시인이 되어 보고 느낀 봉오리를 시로 승화시켜 꽃으로 피워보았다. 생각나는 대로 스승도 없이 그냥 그렇듯 써온 시작품이 한편 두 편 모아 첫 시집을 출간하게 되었다. 현재 내가 쓴 작품을 선보이게 되었다는 것은 마냥 즐겁고 커다란 보람이 아닐 수 없다. 누가 잘 썼다 못썼다 말하기 전에 나의 생각을 정성과 감성을 다해 쓴 이 작품이 어느 누구의 작품보다 최고로 생각한다. 이다음 훗날에 시창작을 더 배우고 공부하여 나의 첫 시집을 그때 보며 부족한 부분이 있어 후회할지 모르겠다 하지만 지금은 내가 시를 지은 작품이 한 권의 시집으로 탄생했다는 것을 자랑하며 보여주고 싶다. 사랑하는 독자와 지인에게 훌륭한 시인이 되게끔 지도편달 바라며 합장한다. 감사합니다.

2024년 02월 22일 이재희 시인

1부 · 어머님

2부·내 고향 경산

3부 · 님

4부 • 팔공산의 봄

5부·팔공산의 가을

6부 • 자연 속에서

"

어머님 아버님에게 바치는 효심은

자식 된 도리입니다

모든 마음 바쳐 다한다 해도

끝이 없습니다

못다 한 효심 어떻게 값을지

죄지은 듯싶어 살아갑니다

이제 와서 할 수 있는 것은

오로지 꽃다발로 마음전달할 뿐입니다

지난날 어머님사랑 그리워요

정말 보고 싶어요

90세가 넘어 돌아가실 때

어머니 보고 싶다며 임종한다 합니다.

"

1부 • 어머님

어머님 나의 어머님 1

첫 닭이 우는 소리에
몸을 씻고 암자에 오른다

향긋한 풀 내음 산 내음은
푸른 청자에 가득 담고

쏟아져 내리는 별빛은
은쟁반에 소복이 주워 담았다

밤이슬 곱게 곱게 쓸어 모아
옥잔에 청수로 담아 올리고

부처님께 새벽 공양을 올린다
눈물로 백팔배를 올린다

어머님의 만수무강을 위하여
빌고 또 빌고 내려오는 길

하얀 고무신은 풀 이슬에
촉촉이 젖어드네.

어머님 나의 어머님 2

천석꾼 면장의 따님
하도 이뻐 너무 이뻐
열아홉살에 꽃가마 타고 오셨네

열일곱 식구에 큰 능금밭 많은 논밭
능금꽃이 피고 지고 일흔다섯 번
허리에 찬 곳간열쇠도 닳았네

한생을 눈물과 희생과 헌신으로
베풀고만 살아오신 나의 어머님
이제는 만인의 어머니가 되시어

조용히 누워만 계신다
낙엽이 지고 지고 꽃이 다시 피어도
긴긴 하루를 천장만 쳐다보신다

다음 세상에는 하늘에
별이 되시고 달이 되소서
불효자는 밤마다 바라볼래요.

가느다란 숨소리

갈라진 손톱을 깎아 드리고
허어연 발톱도 깎아 드리고

남은 머리카락 손질해 드리고
만 가지 서러움이 밀려온다

여위신 몸 씻겨 기저귀를 갈아 드리니
아무런 표정 없이 바라만 보신다

나를 낳아 길러 주시고 남으신 빈 몸
가슴을 저미게 하는 가느다란 숨소리

내 마지막 남은 소망도 져 버리시려나
뉘우치는 마음 눈물로 밤을 지새우는데

오롯한 달빛은 밤바람을 울리고
뒷 산 소쩍새 이 가슴을 적시네.

어머니

어머니 그 포근한 이름만 불러도
눈물이 고이는
몸과 마음이 저리는 어머니
나의 어머니는
저 동녘 하늘에 떠오르는
찬란한 태양이십니다

어머니 그 정겨운 목소리만 들어도
몸과 마음이 떨리는
하늘 같은 어머니
어머니는 내 삶의 길이요
내 인생의 등불이었습니다
어머니 그 인자하신 얼굴만 뵈어도
그 아득하신 눈빛만 떠올려도
몸과 마음이 저려오는
어머니 나의 어머니.

아! 나의 어머님

나를 낳아 키워 주시고
내 아들 키워 주시고
내 딸을 키워주신 어머님

아! 나의 어머님은
저 동녘 하늘에 떠오르는
찬란한 태양이십니다

자식 위해 온몸 다 바치시고
남으신 빈 몸 빈 마음
핏빛 한을 삭이며 살아오신 어머님

가벼우신 몸 등에 업고
꽃구경을 시켜 드려도
한마디 말이 없어 가슴만 저립니다

이제는 여위신 몸으로
기저귀를 차시고
조용히 누워 계시는 어머님

오래오래 살아계시기를
부처님께 빌고 또 비는데
눈물이 하염없이 쏟아져 내립니다.

행복한 삶

자정이 넘은 시간
어머님 기저귀를 갈아드리고
마당에 나와 걷는다
모든 것이 얼어붙은 밤

살아계시는 어머님이
너무너무 감사해서
갓바위 부처님께
삼배를 올린다

약사여래불 약사여래불
오래오래 사시옵소서

참으로 행복하여라
고마우신 나의 어머님.

지나온 날

지나온 날들을
생각해 본다

어머님의 쾌유를 빌며
밤을 새워
갓바위 부처님께
빌었다

다리를 절면서
나무를 잡고
돌계단을 내려왔다

갓바위는
내 슬픔도 괴로움도
쌓여있는
추억의 길이다.

긴긴밤

긴긴밤을
울면서 애원하면서
갓바위 부처님께
매달렸다

불편한 몸이지만
백수白壽를 채워 달라고
빌고 또 빌었다

어느새
날이 훤히 밝았네
밤이슬에
옷이 촉촉이 젖어
마음까지 젖었네.

큰 아야

오늘도
어머님 약을 받으러
나서는 저에게

말문을 닫으신지
오래된 어머님께서
눈을 껌벅이시며
눈으로 하시는 말씀이

큰 아야
퍼떡 갔다 오너레이
살아 계시어
나는 참으로 행복하여라.

내 마음

그 누가 내 마음을
알고 있을까
애타는 이 마음

하늘과 땅은
알고 있을까

음식물을 갈아서
아기 숟가락으로
입에 넣어드려도

오래오래 사시기를
갓바위 부처님께
빌고 또 빌어본다.

만수무강

아픈 마음
안타까운 마음을
커피잔에
가득 넣어서

슬픔으로
눈물로
바라는 속마음까지
저어 마시며

사랑하는 어머님의
만수무강을
간절히 빌어본다.

2019년 4월 3일 수요일 음력 2월 8일

아직은 새벽바람이 차갑다 하지만 언제나 5시면 일찍이 일어나 동녘 하늘을 바라보며 어머님 만수무강하옵소서 마음속으로 빌며 3배를 올리고 하루 일과를 시작한다 어머님의 대소변 훔쳐낸 걸레를 빨아 널고 아침밥을 지어 밥상을 차려드린다 아침 시간은 언제나 이렇게 서둘러 보살피고 여러 일 챙겨 준비해드리고 하다 보면 밥 먹을 시간이 없어 미숫가루 한 그릇 타마시고 출근한다 하지만 점포에 가면 아직은 농약이 많이 나가지 않아 바쁘진 않다

하루 일과를 마치고 나면 어머님이 좋아하시는 과자 한 봉지라도 사들고 서둘러 집으로 가야 한다 해가지면 출입문에 앉아서 대문 쪽을 바라보시는 어머님 아! 나의 어머님 나를 바라보시며 반가워하시는 그 눈빛 얼마나 사랑스러운가 아직도 이 못난이를 기다리시는 어머님이 계시는 것이 얼마나 행복한 일인가 저녁밥을 지어서 어머님과 둘이서 맛있는 반찬 올려드리며 식사를 한다 오늘하루 좋은 일 골라 오손도손 이야기해 드리면 살며시 미소로 답하시는 모습 한평생을 살면서 이렇게라도 어머님 모시고 사는 지금이 가장 행복하다 생각한다.

26

올해 지난 3월은 평소에 바라던 좋은 일을 맞이했다 여러 가지로 부족한 이 사람이 영남대학에서 훌륭하신 시인님들과 함께 강의를 들을 수 있게 되어 분에 넘치는 기쁨으로 생각했다 여러모로 배워야 하고 깨달아야 할 현실에 살아가며 아름다운 시(詩) 한 편이라도 남기고 싶어서 열심히 강의를 듣고 왔다 죽는 날까지 배워도 못 다 배울 인생사에 대한 깨달음인가 싶다 시의 장르마다 취향에 따라 우주를 누비고 만물을 다스리고 싶다만 참으로 어렵다

　집안일 하나하나 관리하며 살피고 공부하자니 이렇게 정신없이 바쁘다 그러다 보니 나도 모르게 어느덧 산새도 별빛마저 조용히 잠든 고요한 자정이다 항상 나의 생각 속에는 평생 갚아도 모자랄 어머님의 은혜 "하늘 같은 어머님" 오로지 어머님 곁에서 마음속으로 오래오래 사시기만을 부처님께 빌고 어떻게 하면 편히 모실지 하는 생각으로 오늘 하루일과를 마친다.

갓바위의 밤

연둣빛 나뭇잎에 달빛이 내려 쌓이고
산벚꽃 꽃비로 쏟아져 내리는
팔공산 갓바위의 밤은 황홀하여라

나를 낳아 알들 살뜰 키워 주시고
남으신 빈 몸으로 온종일 천장만
쳐다보시며 누워계시는 어머님

가슴을 저미게하는 가느다란 숨소리
몇 달이라도 내 곁에 더 계시도록
부처님께 눈물로 백팔배를 올리는데

저 달은 이 마음을 아는지 모르는지
어디서 들려오는 서쪽새소리에
참았던 눈물이 한없이 흘러내리고 있다.

흔들리고 싶을 때

삶이란 무엇인가
덧없이 흘러가는 구름인 것을
때로는 흔들리고 싶을 때
나 혼자 찾아오는 운문 땜
나 스스로 나를 달래고
쓸쓸히 돌아가는 곳
오늘은 빈 가지에 찬 바람만 스치고

아직은 할 일이 너무 많아서
아직은 내 삶이 너무 바빠서
나 스스로 나를 묶어놓고
나는 한 번도 흔들리지 못했다

불쌍한 인간이라고
운문땜 저 물은 나를 보고
한없이 비웃고 있겠지
마지막 남은 내 인생
나는 내 삶에 정성을 다하기 위해
남은 몸 다 부서져도

때로는 마음까지 부서져도
나는 흔들리지 말아야 한다

오늘도 부처님께
어머님의 만수무강을
빌고 돌아서는 이 마음.

> 고향 떠나 어디를 가서

행복하게 잘 살고 있어도

그리운 고향은 절대로

잊을 수 없습니다

하여 수구초심首丘初心

호사수구狐死首丘라 하여

여우도 죽을 때는 저 살던 쪽으로

머리를 두고 죽는다 하지요

항상 머릿속에 그려진

고향산천을 그리워합니다

10년 살다 떠나와 고향 객지 50년 넘게

살았어도 고향이 그립다 하네요.

2부 • 내 고향 경산

나의 고향 산천

하늘에서 내려온 새
하이얀 백로

소나무 위에 앉아서
인간세상을 바라보는데

뻐꾸기는 어쩌자고
온종일 울어대나

진달래 꽃불이 붙어
온 산을 다 태우는데

달빛에 흠뻑 젖은
대나무 숲은
밤새도록 저희들끼리
몸 비비는 소리 요란하다.

5월의 반곡지

연둣빛 버들가지는 늘어져
바람 따라 춤을 추고
물속에 비친 연한 솔잎은
반곡지를 곱게 물들이는데

물오리 떼를 지어
온종일 사랑에 빠져 있다

연분홍 복사꽃
피고 지고 없어도

꽃구름 한송이 내려와
한가로이 낮잠을 즐기는

영화 드라마도
촬영한 경산 반곡지.

계절의 여왕

오! 희망찬 오월이여
밝고 맑은 오월이여

연둣빛 새 꿈을 않고
자꾸만 짙어간다

세월은 이렇게 스쳐 지나고
새롭게 오고 있구나

반곡지에 5월이 오면
녹음이 우거져
성숙한 여인같이 절정을 이루리

아름다운 신록의 계절
꿈이 있어 참으로 행복한
오월이여.

반룡사

연꽃구름 나지막이
곱게도 피어있는

내 고향 경산 용성
구룡산 반룡사

설총이 나신곳에
실안개 자욱하다

물소리 새소리는
옥구슬로 굴러가고

원효대사 요석공주는
무지개로 피어있고

님들의 향기는
온산에 가득하다.

반룡사 축제

원효대사는
요석 공주를 안고
춤을 추고
설총은
개나리 꽃길을
아장아장 걸어가네

도랑물은 안개로 피어
하늘로 날고
솔바람은 머리칼을
휘날리며 노래 부르고

바위는 젖통을 흔들며
하모니카를 불고
도깨비는 무지개로
줄넘기를 하네

구름은 술잔을 들고
너 한잔 나 한잔
나무들은 일제히
걸어 나와
뿌리를 하늘로 내놓고
거꾸로 서서
춤을 추는 구룡산.

지금 경산은

쪽빛 하늘이 아름다운 경산
여길 봐도 황금들녘
저길 봐도 황금들녘

한줄기 바람이 불어오면
한 무리 참새떼가 날아오고
허수아비는 화를내며 춤을 춘다

도로변 과수원에
농부의 땀으로 주렁주렁 매달린
경산 포도 경산 대추

하늘이 내려주신 선물
한 알만 깨물어도 시큼 달콤
맛 좋고 살기 좋은 내 고향 경산

용성 자인 들녘에서 하양 진량 압량 들녘
경산 들녘으로 이어지는 노란 바다
지금 경산은 황금물결이다.

겨울하늘

매남골 얼음장 밑에는
맑은 물 옥소리로 흘러내리고

쪽빛 겨울 하늘은
더없이 곱기만 한데

용산 산성에 쌓인 눈
햇빛에 반짝이는데

낮달을 등에 업은
외로운 기러기 한 마리

먼 허공으로 자꾸만
멀리멀리 날아가는가.

"

사람이 살아가노라면

혼자가 아니고

함께라야 아름다운 삶이

이뤄질 것이다

자랑할 수 있고

귀여움 받을 수 있고

그래야 사랑이 있고

행복도 있는 것

그 속에 서로 그리워함이 있고

기다림이 있는 것

밤이 깊어가는 줄도 모르고

홀로 울어대는 소쩍새의 마음을 보자.

"

3부 • 님

별

자정이 넘은 시간
귀뚤이 애절한 소리에
더는 견딜 수 없어

잔디마당에 나와 앉아
밤하늘 별을 바라본다
어쩌면 저리도 고을까

금방이라도 사정없이
쏟아져 내릴 것 같아
새하얀 보자기를
펴놓고 기다린다

가득히 내려 쌓인
고운 별을 예쁘게 싸서
내일 아침 우리님께
택배로 보내야지.

사랑하며 살자

사랑을
사랑하지 못하면
마음에 병이 생기지

사랑하는 이
있거든
마음껏 사랑하자

사랑하다
날이 저물면
내일 또 사랑하자

사랑하며
사는 가슴으로
오래오래 행복하자.

님이여 오소서

이토록 사모하는
님이여
어두워서 못 오시나요

내 모든 것을 태워
불을 밝혀 드리오리니
어여쁜
걸음걸음으로
오시옵소서

내 영혼마저 태워
님이 오시는 길을
밝혀 드리오리까
봄바람처럼
살랑살랑 오시옵소서

봄꽃이 스러지듯
내 뼈와 살을 다 태워
재를 뿌려 드리오리니
사쁜사쁜 밟고서
어서어서 오시옵소서

그대 오시는 그날까지
내 영혼은
영원히 타오르는
불꽃이 되렵니다.

꽃길

가슴 가득 사랑이
머무르는 계절
하얀 벚꽃
개나리 진달래

온 누리 위에
꽃방석 펼쳐진 이 봄
꽃구름 안아와
깔고 누웠는데

당신을 거쳐온 바람이
어쩌면 이리도 향기로울까
오늘도 당신은 하늘나라
꽃길을 걷고 있겠지요.

올봄에 꽃길만 걸어요
행복하세요

바람이라도

외로운 이 마음을
달래 보려고 지나가는
바람을 안아본다

잠시라도
머물다 가라 했지만
나 보기 싫었는가
말없이 가버린 바람

이 세상에 내 사람은
영원히 없을까
아무도 없는
외로운 이 몸

밤새워 울어대는
소쩍새야 네가 있어
나는 외롭지 않다.

개나리

희망이 넘치는 저 노랑
사랑하는 님의
예쁜 얼굴처럼
아름답구나

저어
청순淸純하게 피어오르고
기대에 넘치는 사랑
노오랑 꿈이여
그 속엔 어떤 사연들이
함께 피고 있을까.

여름밤의 편지

밤 두 시 하늘에 별을 안아와
연분홍 사랑종이에 하나하나
아름답게 정성을 다해 부친다

내 사랑 고운님에게 드리려고
사랑 글자도 예쁘게 새기어
따스한 입김으로 붙여본다

하늘아래 제일로 어여쁜 사람
참으로 곱고도 고운 그대는
영원히 피어 있는 한 송이 꽃

별의 마음으로 새긴 편지 한 장
오늘도 차곡차곡 곱게 접어
내 사랑 마음 보자기에 고이 간직하네.

사랑은

내 가진 것 모두
님에게 다 드리고
그 큰 행복 속에서
살아갈 수 있다면

나는 님을 위해 밝혀놓은
별빛 하나로
내 생애 멈추지 않는
기도를 하고 싶다

사랑보다
더 어려운 길이 있을까
한없이 사랑하면서도
외로워요 하는 나의 슬픔을…

기다림

별빛이 아름답고
달빛이 고운데
어디선가 날 부르는 소리
그대 오려나
대문 밖에 뛰어나왔네
아무리 찾아보아도
그대는 보이지 않네
골목 저 끝
희미한 가로등 불빛
쓸쓸히 돌아서는
내 발길 뒤로
낙엽이 쌓이네
아픔이 쌓이네
바람소리 쌓이네.

당신

당신이 보고 싶을 땐
밤하늘 별을
쳐다보며 속삭일게요

당신이 한없이 그리울 땐
두둥실 흘러가는 흰구름
허리를 안고 속삭일게요

내 마음 예쁜 보자기에 싸서
애절하게 그리운 사연
절절히 적어 보내 드릴게요

그윽한 당신의 체취
해맑은 당신의 웃음
새 둥실로 수를 놓을게요.

당신은 구름

당신은 쪽빛 하늘에
흘러가는 구름 한 조각

당신이 내려다보고 있는
이승은 한없이 쓸쓸합니다

붉게 물든 산과 들
흘러가는 파란 강물

당신은 나의 웃음도
나의 눈물도 싣고 가는

당신은 쪽빛 하늘에
흘러가는 구름 한 조각.

팔공산의 가을

청자빛 하늘에는
꽃구름 한 송이
아름답게 떠있는 저 모습
오색단풍과 함께 황홀하여라

가을 햇살에 눈부신 은행잎
노오란 순정 부끄러워하고
곱게 물든 단풍잎 사이로
나는 새소리 명랑하여라

하이얀 머리 갈대 저들끼리
온종일 몸만 비비대는데
하늘아래 제일로 어여쁜
우리님은 낮달로 떠있네.

66

봄은 어디에나

가리지 않고 오고 있다

그러나 팔공산 곳곳마다의 봄은

희망에 봄으로 반긴다

나름대로 꿈을 이루고

효심의 정신을 살리어

또 한 가지 소원성취 빌어보고자

갓바위를 찾고 있는

인파는 끝없는 장사진을

이루는 봄이다.

미완성이고 마음 약한 사람들의

작은 소망의 욕심이다.

99

4부 • 팔공산의 봄

팔공산의 봄

아지랑이 아롱아롱 피어 올라
팔공산 가는 길을 막고 있네

떼 지어 피어난 개나리
노오란 종소리로 흔들어대고

계곡의 맑은 물은
옥 소리로 흘러내린다

두견새 밤새도록 피 끓게 울어
두견화를 곱게 물들어 놓았네

저녁노을 나래를 접어
밤으로 포근히 안기면

은은한 달빛도 잔잔한 별빛도
진달래꽃가지마다 내려 쌓이는 밤

나는야 금빛으로 쏟아붓는
별 꽃밭에 잠들어 볼래.

수태골의 봄

낮달이 내려와 조용히
잠이든 수태골 연못

하이얀 산벚꽃
꽃비로 쏟아져 내리고

청량한 솔바람 소리
계곡으로 흘러내린다

산목련 꽃잎 위에
살짝이 내려앉은 봄이여

온산 가득한 진달래는
꽃불로 활활 타오르는데

석양은 사정없이
개나리에 불을 지른다.

갓바위

산벚꽃 꽃비로 쏟아져 내리고
초승달 배시시 산마루에 차 오른다
견디다 못한 외로움 안 고왔더니
외로움도 사치스러운 삶이라 나무라신다

부처님은 내려놓고 비우라 하시는데
하늘은 텅 비어 바람만 불고 있다
절벽 끝에 매달린 소나무야
외롭다는 내 삶이 부끄럽구나

다시 또 발길을 돌려
세상 속에 들어간다면
저 달은 나를 보고
새롭게 잘해보라고 위로해 줄 거야.

봄이 왔다는데

내 인생의
산천에도
봄이 오려나

무거운 짐을 지고
끝없는 언덕길을
혼자 가는데

팔공산 진달래
꽃망울 터지는 소리
갓바위 산벚꽃
하얗게 터지는 소리

세상은 온통
노랑 분홍빛인데
내 인생의 봄도
활짝 피워줄것이야.

갓바위의 봄

파아란 하늘을 이고
잠을 자는 갓바위
따스한 봄빛이
골짝마다 환하게 웃고 있다

연둣빛 고운 잎들은
살며시 입을 여는데
갓바위 하늘 위로
어여쁜 낮달이 돋는다

개나리 진달래 벚꽃
세상은 온통 꽃밭인데
아지랑이 좋은 봄꿈해몽하여
오솔길 돌아 나에게 걸어온다.

꽃길 갓바위

갓바위 오르는 길
생강나무 노란 향기 자욱하다

약사여래불 약사여래불
스님의 절실한 염불 소리는
가슴속으로 스며들고

수정같이 맑은 물소리
계곡 따라 흘러가고
하얀 산벚꽃은
꽃비로 쏟아져 내린다

비우고 또 비우고
내려가는 길
떼 지어 피어난 개나리
노란 종소리로 흔들어 대고
온산 가득한 진달래
꽃불로 활활 타오른다.

꽃길 여기있어요,

안개 낀 갓바위

마음이 외로워서
갓바위 오솔길을 걷는다

자욱이 깔린 안개로
길을 못 찾아 목탁소리 따라간다

자욱한 안개비는
아지랑이처럼 서려오고 있어
어느새 온몸이
촉촉이 젖어들고 있다

괴로울 때는 비를 맞아가며
사색에 젖어 걸어보는 것도 약이 된다

비물에 젖은 풀내음은
꽃향기보다 더 가슴에 서린다

살아오면서 꽃향기 한 번
풍기지 못한 나의 삶

오늘은 자연에서 배워
내 삶을 향기 짙은
꽃처럼 곱게 피워보고 싶다.

갓바위 부처님

아! 솔내음 가득 찬 산길에
산벚꽃 꽃비로 쏟아져 내린다

생강나무 노란 종소리로 흔들어 대고
진달래 꽃불로 활활 타오른다

세상의 아픔을 머리에 이 시고
천년을 굽어 보시는 부처님

구름 없는 청청한 하늘아래
축복의 향 내음만 펼쳐주시니

산허리 길 따라 소원성취 이뤄 보자고
모여드는 불교도의 웃음소리 들린다.

수태골

산그늘 곱게 내린
팔공산 수태골

청아한 솔바람 소리
골골이 흘러내린다

조용한 연못 위에
낮달이 흐르는데

산빛은 물빛을 적시고
물빛은 산빛을 적시고

산새 소리는 마음을 적시고
푸른 숲은 정신을 적셔주네.

봄편지

연두색으로 물든
봄 하늘에
편지를 쓰자
목련 꽃잎으로
편지를 하고
하이얀 꽃바람을
펜으로 하여
진달래 꽃잎으로
편지 봉투를 장식하고
주소도 이름도 막연한
봄하늘에 편지를 써보자.

봄

진달래 꽃망울
터지는 소리에

산천이 흔들리어
날아가는 종달새
높이 날지 못하네

꽃향기에 취한
아가 구름 한송이
길을 잃고 헤매인다

아! 봄
봄은 너무도
황홀한 계절.

팔공산

파아란 하늘을 끌어안고
조용히 잠이든 팔공산

깊이 우거진 계곡의 숲 속
맑은 물 옥소리 내며 흘러내리고

연한 바람은 살랑살랑 불어와
솔잎을 흔들어 댄다

진달래 꽃불이 붙어
온산을 다 태우고

노랑나비 흰나비 찾아와도
말이 없는 산아 산아

산새들 지저귀는 소리만
팔공산을 가득 채우네.

팔공산 갓바위

구름도 합장하는
팔공산 갓바위
노송은 줄을 지어
소원성취 이루고자 기도한다

마음 한 조각
몰래 묻고 돌아서는
갓바위 어귀에는
간절한 기도만 자욱하다

어둠이 산을 삼키면
초승달 살며시 떠오르고
고요함이 가득 찬
팔공산 갓바위
소쩍새 울음기도 소리
애간장을 녹인다.

"

산뜻하고 시원한 바람 불어와
가을을 좋아한다
지역별로 유명한 곳
여기저기 있겠지만
팔공산 가을의 정취도
빼놓을 수 없다
풍년이란 결실의 보람으로
여유 있는 계절
늦가을의 아름다운
단풍으로도 유명하다
팔공산에 둥근달이 뜨니
광光이로소이다.

"

5부 · 팔공산의 가을

가을밤 1

어둠이 뜨락에 내리면
풀벌레들 숲에 숨어
푸른 목청을 뽑아 노래한다

별빛은 쏟아져 내려
가슴에 쌓이고
외로움은 목까지 차오른다

아!
사랑하는 사람이 없는
가슴은 서러워라

떠돌이 기러기는
밤새도록 달빛을
실어 나르고 있는데

목이 쉰 저 귀뚜라미
사투리로 울어
애간장을 태우는 가을밤

눈부시도록 아름답고
황홀하게 물들어가는 단풍
가을밤의 외로움을 달래준다.

가을밤 2

외로움을 견딜 수 없는
가을밤

밤이슬 촉촉이 내리는
잔디 마당에 나와

말없이 지는 마지막
잎새를 쳐다본다

한아름 달빛을
등에 업은 기러기

길을 잃고
혼자서 헤매는데

귀뚜라미 어쩌자고
밤새도록 울어대느냐

너와 함께 외로운 이 밤을
시詩 읊으며 달래고 싶구나.

파계사

일주문 저 혼자 세월을 지키면서
안 밖이 얼룩진 나를
나를 어서 오라 손짓하네

파계사 뜨락에
빈 가지로 서있는 저 은행나무
오늘도 부처님은 말이 없다.

팔공산의 가을 1

부처님이 빚어놓으신
저 붉은 빛깔

나 혼자서 어찌 다
감당하라고

계곡으로 타 오르는
붉은 저 단풍에

노을빛은 사정없이
불을 지른다

사랑하는 사람이 없는 가슴은
애터지게 서러운데

애간장을 절이는
동화사 저녁 종소리

외로움 또 외로움에
대불암을 돌고 도는데

애절한 그믐달도
서산으로 지고 있다.

팔공산의 가을2

등봉으로 가는 길
계곡의 맑은 물은
옥소리로 흘러내리고

바위에 앉은 다람쥐 한쌍
다정히 졸고 있네

갈대숲에 스며드는
가을 햇살은 저리도 고운데

애기단풍 사이사이로
스치는 바람소리
너무도 정겨워 고마워라

나는야 산국화 향기에
취하여 비틀거리는데

온산 가득한 붉은 잎은
석양에 불이 붙어
활활 타오르네.

련불암의 가을

련불암
계곡에
단풍잎 하나

목탁 소리에
조용히 흘러간다

어디쯤에서
갈댓 잎 저들끼리
몸비비는 소리 애처롭다

가을새
한 마리 쓸쓸히 우는데

련불암의
가을은
이렇게 저물어 간다.

가을이 오네

동화사 깊은 계곡
산 안개 걷어 내고

푸른 소나무는
바위에 의젓하게 앉아있다

여름 떠난 먼 하늘에
구름마저 펄럭이는데

이름 모를 산 꽃 향기
바람에 실려온다

한 세상 물결 따라
온갖 번뇌 다 녹이고

살그머니 살그머니
가을이 오는 소리

머지않아 자락자락
황달빛 단풍이 들겠지

나는 또 빈 손 빈 가슴으로
가을 앞에 서야하나.

팔공산의 노을

깔딱재 올라서서 팔공산을 바라보니
동봉은 흰 구름 속에 쌓여 있구나

오색 단풍에 달아 오른 몸과 마음
폭포의 물 한 바가지로 달래어 본다

련불암 마당엔 흰쌀밥 산채나물
참으로 후덕한 마음 부처님 마음

서봉에서 바라보는 황홀한 노을빛이여
아 아! 웅대하고도 신비한 팔공산이여

계곡으로 흘러내리는 붉은 단풍에
노을빛은 사정없이 불을 지르는데

작은 새 몇 마리 타오르는 불 끄지 못해
동동동 발 구르며 가슴만 태우는구나

수태골 고운 물에 서러운 마음 씻고 가는데
모락모락 피어오른 저녁안개는
새로운 희망을 주려고 나를 인도한다.

가을편지

청자빛 하늘에
편지를 보낸다

주소가 없어
갈 곳을 못 찾아
혼자서 헤메이다가

팔공산 런불암
앞마당에 지는
빠알간 단풍잎이
잠들어 있네.

가을바람

팔공산 가을바람에
고운 노래 들려옵니다

빠알간 바람에는
애기 단풍 예쁜 소리

청자빛 하늘에서
들려오는 파아란 소리

갈댓잎 스치는
하이얀 소리까지

은행잎 노란 바람이
마음 *절이는 이 가을

좋아라 좋아라
노랑 빨강 가을바람아
나와 함께 가을 춤추며 즐기자.

* 절이(絶異) 아주 훌륭하여 다른 것과 다름

가을 1

팔공산
골짜기마다
자꾸만 화려 해지는
가을

사랑하는 사람이 없는
가슴은
서러워라

목놓아 우는
억새 울음으로

나 홀로
붉은빛이 되어 서러우니

이렇게 좋은 가을에
함께할 사람 찾아오겠지.

가을 2

길섶에 코스모스 길손을 반기고
차창밖 들녘에 풍요가 가득하다

쪽빛 하늘에 한 송이 꽃구름
그 누가 수를 놓았나

신이 빚어놓으신 그림인가
고와라 참으로 고와라

나의 애를 다 끓이는
서녘 하늘 저 노을

세상은 온통 화려해지고
가을은 자꾸만 깊어가는데

외로운 가을새 한 마리 찾아와
내 품속으로 날아 들어오네…….

가을 3

구름사이
파아란 하늘

바람사이
곱게 물든 단풍잎

아! 이곳이
바로 극락이라네

세상은 온통
황금빛에 젖어들고

코스모스 꽃잎마저
가을빛에 활짝 웃고 있는데

저기 진노랑 가득한 은행잎 널브러진 길
사랑하는 님과 함께 걸어보고 싶다.

가을 4

깔끔히 씻은 맑은
가을 하늘 아래

아름답고
단아하던 들국화도 지는데

슬피 떨어지는 낙엽이 울고
떠나는 가을도 우니
시인도 울고 싶어라

애간장 다 태우는
빨간 아기단풍아

혼자온 가을이
어느덧 떠나고 있어도

속수무책으로 보내니
누구와 함께 울어야 할지.

가을 한가운데

더없이 맑은 하늘가에
꽃구름 한송이 저 혼자 놀고

노랑빛 가득한 은행나뭇길
떨어진 잎 바닥에 엎드려 있다
붉은 잎새 보다
더 고운 노란 그대여

풍요로움 안고 온 가을
이 가을은 깊어 가고 있으니
갈대에 스치는 바람소리처럼
정겹게 웃으며 즐기소서

허리띠 풀고 활짝 웃으며
가을 한가운데 내가 서있네.

낙엽

날아 내리는 낙엽아
너는
참으로 열심히 살았구나
봄날에 태어나
여름 비바람 폭염을 견디며
가을 내내 곱게 익어
오색으로 물들더니
어느새
훨훨 날아
팔공산 수태골
가는 길을 막고 있나
곱고도 아름다워라
그동안 나는
무엇을 했나
나뒹구는 낙엽하나
참아 밟지 못하는 나.

"

찬란한 아침해가뜨고
아름다운 저녁노을로 지는 해
대자연의 섭리 속에
계절은 바뀌며 세월은 간다
세월 따라 살아가는
인생의 행로에 길을 열어주는
다양한 장르의 시로 위로의
감성을 보여주는 아량이 있다
이재희시를 읽어만 보아도
그곳에 가있는 기분이 든다
마음에 드는 시를 읽으면
영혼이 맑아지고 있다.

"

6부 • 자연 속에서

수덕사

가을빛 가즈런히 내려앉은
수덕사 가는 길
길섶엔 빨간 아가 단풍
단풍잎 사이사이 헤쳐 다니는
명랑한 바람소리
파아란 하늘을 이고 있는 일주문
금시라도 고운 물감 쏟아져 내릴 듯
아! 천년 고찰 수덕사에
가을이 흠뻑 내려앉는다
긴 세월 해진 가사섶
섧게 치는 목탁소리
절 마당에 보랏빛 국화 한 송이
꽃잎 흔드는 연한 바람아
마음 한 조각
몰래 묻고 돌아서는데
흰 구름 석탑가로 둘레 져 내리네.

향기

현대백화점 앞에 앉아서
대바구니 하나 들고
날아오는 향기를
주워 담는다

지하철이 뿜어내는 향기
백화점에서 밀려 나오는
사람들의 향기
약전 골목에선 한약 내음새
티파니의 음식 내음새
횡단보도에 깔린 커피향기

하루 종일 향기를
가득 담았네
향기에 취해
비틀거리는 하루.

첫눈

먼 허공 그 시린 길을
소리 없이 걸어서 온 하얀 아우성

소담스러운 눈 꽃송이로
살포시 내려앉은 하얀사랑

고아라
참으로 고아라

나뭇잎 늘어질까 봐
살며시 내려 앉은 모습 환상이구나

시리도록 눈부신 아름다움에
해맑은 그리움 들어 있어라

나는야 외로움에 목이 타는데
온다는 말 없이 네가 오는구나

한밤 내내 소복소복
소리 없이 쌓여가는 외로움의 층층

영영 못 잊을 얼굴이
허공 가득히 쏟아져 오는구나.

중동교 노란불

몇 년을 기다렸나
노란 불 큰 잔치
코로나를 이기고 나니
이렇게 좋은 날이 오네

올해는 너무 번져서
끄지를 못 하네
모두모두 벌린 입
다물지를 못하네

구름 같은 인파에
불길은 번져만 가는데
어느 누구 하나 119에
신고하지 아니하고

정신 잃고 바라만 보네
소방차가 오든 말든
넋을 잃고 바라만 보네
아 대구 인심 고약하다.

산 넘어 저쪽에

성암산 넘어 저 쪽에
누가 누가 사나

서쪽새 밤새도록
피 끓게 운다

백자산 넘어 저 쪽에
누가 사나

꽃봉오리 터지는 소리
산천이 요란하다

갓바위 넘어 저쪽에
누가 사나

봄새들 지저귄다
꽃을 물고 속삭인다

내 가슴속에는 누가 사나
우리 어머님 우리 가족 정겹게 살지.

봄의 서정

봄이 왔으니 봄을 찾아
동촌 강가에 앉아 있노라니
바람은 소리 없이 물을 건너
팔공산으로 달려가고
내 마음 물결 따라 흘러간다

한물 다 가버린 나에게도
향긋한 그리움 피어오르는데
아직은 시린 삼월
꽃샘바람 불어온다

강가에 빙 둘러선 빈 나무들
어디서 날아온
까치 한 마리가 나를 반긴다
그래도 살아있어 기쁜
이른 봄날의 동촌 강가의 희망.

지리산 피아골

피아골 깊은 계곡
자욱한 물안개 속에
하이얗게 부서지는
폭포야!

따스한 햇살에
자꾸만 익어가는
빠알간 애기단풍
고아라 참으로 고아라

노란 단풍잎
사이사이로 보이는
저 파란 하늘

어쩌면 저리도 맑아
너무 맑아
서러웁구나.

황매산 철쭉꽃

황매산 철쭉꽃 황홀하여라
꽃물결 참으로 황홀하여라

이 세상 어디에도 없는
이 거대한 붉은 산

온 산은 불이 붙어
활활 타 오르는데

불 끄는 이 아무도 없고
모두들 구경만 하고 있구나

꽃구름도 내려앉은
화려한 아름다운 철쭉 바다

붉은 물결은 파도가 되어
온종일 출렁이고 출렁이고…….

천사대교 길

천 네 개 섬들이 지어낸 이름
전라도 신안군 천사대교

하늘에서 내려앉은
꽃봉오리 섬들은
바다 위에 잔잔히 떠 다닌다

파도는 온종일
하이얀 꽃으로 피고 지는데

쪽빛 하늘에 흘러가는 꽃구름은
긴긴 다리가 아름다워
돌아보고 또 돌아보고.

동촌강

개나리 노란 불로 타오르고
벚꽃 잎 하얀 꽃비로
쏟아져 내린다
꽃향기에 취하여
오도 가도 못하고
모두들 비틀거리는데
석양은 사정없이
개나리에 불을 지른다
봄기운에 흥겨워
유유히 흐르는 동촌강
달빛이 쪽빛 물결 두드리며
꿈을 주고 사랑을 주는 동촌강
아름다운 이 강은 우리의 안식처.

통영바다

쪽빛 풀어놓은
끝없는 바다

바람이 뿌려놓은
바닷새 몇 마리

어여쁜 섬들은
육지로 걸어 나오고

통통배는 자욱한
안갯속에 잠들었다

둘레길 동백꽃은
어쩌자고 저리도 고운지

반짝이는 조약돌
이 작은 마음밭에 심어둘래.

동촌 강변에서

저렇게 흐르는 물은
참으로 좋겠다

넉넉한 자유가 있어
따스한 정이 있어
아름다운 믿음이 있어
참으로 좋겠다

구름과 바람은
제 멋대로 흘러가고

달빛도 쉬임 없이
흐르는 곳

동촌강변에 서면
나는 한낱
쓸쓸히 지는
꽃잎임을 터득한다.

내연산

보경사 옆을 돌아 정겨운 오솔길
솔 내음에 취하여 오도 가도 못하네

미끄러져 누운길 낙엽 밟이고
고개 들어 먼산을 바라보니

아~아 온 산이 가득하구나
아직은 진달래꽃 아니 피어도

기암절벽아래 주인 없는 선녀탕
이대로 그냥은 갈 수가 없네

어차피 줄 데도 없는 마음
무겁게 가져간들 무엇하리

마음일랑 산천에 걸어두고
몸만 혼자 돌아가야지.

* 대구 해인농약사 이재희

능금꽃이 하도 좋아

초저녁 달이
산마루에 차 오를 때 까지
동생을 업고 탱자나무 가시 불을 땠다

농약이 없던 시절
담뱃잎 따고 남은 줄기를 삶아
능금나무에 만병 통치약으로 쓰던 시절

할아버지한테 매 맞지 않으려고
가시에 찔린 손 아픈 줄 몰랐는데
지금은 그 손으로 농약 도매상을 한다

별빛처럼 피어나는 복사꽃이 하도 좋아
달빛으로 피어나는 능금꽃이 하도 좋아
하이얀 능금꽃처럼 살아가고 싶었다

아들은 농수산 유통공사에
딸은 농협 중앙회에
우리 가족은 농사의 길로 살고 있다

힘든 고생 아니한 사람 어디 있겠는가 마는
외롭고 고독할 땐 부처님께 의지했다
다시 태어나도 나는 이 길을 또 걸어가리…….

문경새재

은빛 푸른 향기 가득한
잣나무 숲길

부처님이 빚어놓으신
저~붉은 빛깔

나 혼자서 어찌 다
감당하라고

문경새재 파아란 하늘에
흘러가는 한 점 구름이

나를 더욱
외롭게 하네

나무라도 그대라면
다정히 손잡고 걸으리

그대 등뒤에서 살짝이
사랑한다 말하리.

장사도

병풍에 둘러싸인 장사도
한 폭의 그림이어라

하늘이 파아란 물감
쏟아부었나

바다여!
고와라 참으로 고와라

나는야 님이 없어
조각배를 띄우지 못하는데

하이얀 파도는
노을빛에 자꾸만 물들어 가네.

2월의 운문 땜

저무는 2월의 운문땜
서럽게 서럽게 누워있네
하늘 저 멀리
꽃구름 타고
오실 듯 오실 듯
임 소식은 영영 없네

황혼을 누벼가며
먼 허공으로
빠져 들어가는
겨울새 한 마리

저미듯 아려오는
애달픈 회상

잠 못 드는
운문 땜 울음소리
시름에 겨워 시름에 겨워
외로이 뒤척이며 잠들려 하네······.

감포 전촌항

연둣빛으로 물든
5월의 바다

감포 전촌항은
참으로 고와라

나무계단 정겨운
바다 둘레길

사용굴 용 네 마리
한가히 누워있다

저 바다에 홀로 가는
하이얀 돛단배여

반짝이는 조약돌은
내 가슴에 심어 갈래.

꽃비

달빛에 쏟아지는
정겨운 꽃비를 맞고

몸과 마음 촉촉이
젖어 내리는 이 밤

아! 살아있어
참으로 행복하구나

이 세상 모든
신들께 감사드린다

나라의 안녕과
평화를 위하여

꽃비야 내려다오
한없이 내려다오.

하늘

마음이 아플 때
쳐다보던
하늘

몹시도 괴로울 때
바라보던
하늘

너무도 외로울 때
우러르던
하늘

그 하늘 아래서
이제는 아무 말 없이
쳐다만 본다

말이 없는
저기 저
하늘.

무지개

여름날에
피고 진
무지개를
찾으려
용산에 올랐다

가을바람에
오색잎만
소리 없이
발등에 소복이
쌓이는 용산 산성

발바닥이
간지러워
무심코 헤쳐보니
무지개는
한데 모여

긴긴
겨울잠을
시작했네
겹겹이
낙엽을 덮어쓰고.

운문사 사리암 1

꼬불꼬불 사리암 길
꽃 향기 자욱이 깔려있네

가지마다 매달아 놓은 연꽃은
꽃바람에 얄랑얄랑

진달래 온산 가득
꽃불로 활활 타는데

불 끄는 이 아무도 없고
구경만 하고 있구나

나반존자 나반존자
스님의 염불 소리에

꽃잎에 물든 구름은
가다 쉬고 가다 쉬고.

운문사 사리암 2

사리암 오르는 길
산국화 향기 가득하다

나반존자 나반존자
스님의 염불 소리는

수정 같이 맑은
계곡 물 따라 흘러가고

청자빛 하늘은
더없이 맑고 고운데

비우고 또 비우고
내려가는 길

노을빛에
불타는 단풍이

갈길을 막아
오도 가도 못하네……

운문사의 밤

운문사 전나무 높은 가지에
혀가 찔려버린 보름달

은빛피 쏟아져 내려
온산이 은빛으로 가득하다

법당에 부처님 마저도
은빛 속으로 잠기는 밤.

작품 이해의 도움말

시인시대 회장 이혜우

남다른 효심에 경의를 표하며

시인시대 회장 이혜우

이재희 시를 처음 읽으며 부끄러움에 가슴속을 꼭 찔리는 감정을 느꼈다.

먼저 깊은 효심에 비교가 되어 나 자신이 도저히 따를 수 없는 부족함에 부끄러움이 앞서 어찌할지 매우 조심스럽다.

이재희 시인은 요즘 세상에 보기 드문 효자시인이다. 어머니에 대한 효심의 감정을 시적감각으로 잘 표현해가며 가슴속 깊이에서 솟아오르는 진정한 효자라고 생각할 수 있다. 몸소 직접 체험하고 보고 느낀 대로 자연스럽게 울어 나오는 효심의 요소要素가 깊이 배어있다. 누구나 본받을 지침서이듯 순수하고 해맑은 시詩로 가슴을 울려주고 있다. 무엇보다 다하지 못한 효孝와 어머님에 대한 그리움을 시로 보여주며 살아가는 느낌이다.

행복은 행복한 대로 슬프면 슬픈 대로 즐거우면 즐겁

게 살아가는 인생사에 오로지 인간의 본연인 효심을 간직한 고집스러운 면이 있다. 본래 효심이 깊은 사람은 너그러우면서도 자기주장이 있어야 하고 정의와 원칙을 존중하는 사람이라 생각한다. 이 시대에 이재희 시인은 어떻게 시인이 되었는지는 모르지만 시인이 되는 것은 아무나 되는 것은 결코 아니라 생각한다

작은 역사 속에 계획되어 커다란 선택이 있어야 시인이 탄생될 것이다 이재희 시인은 효심을 알리기 위해 시인으로 점지되었나 싶다.

인간이 지금까지 살아오면서 이 사회는 발전이란 미명하에 여러모로 변해왔다 쉽게 생각하여 도덕 예의로 말하면 그간에 공자를 중국에서조차 이미 죽였고 삼강오륜도 잃어버린 세상이 되었다. 앞으로 어떠한 변화가 있을지 모르겠다 이제는 사람에게만 소중히 가지고 있는 양심마저 버리고 상식조차 사그라드는 요즘이 참으로 장래를 어떻게 예측해야 할지 알 수 없다. 앞다투어 공자왈 맹자왈 하던 그 시절에는 상상도 못 했을 것이다 효심이 궁핍한 이 시대에 이재희 시집을 여러 사람이 많이 읽어 착실한 효자 탄생이 있다면 큰 보람을 가질 것이다.

이재희 시인은 바쁘게 살아오면서도 시에 대한 열성이 풍부하여 깊은 시심으로 보석 같은 시어를 알뜰하게 지

어 틈틈이 창작의 작품으로 꽃 피우고 열매로까지 결실
을 보게 되어 첫 시집을 발표함에 깊은 축하와 박수를 보
낸다.

누구보다 작품마다 가슴에 품은 효심을 호소력 있게
표현하고 있다.

첫 닭이 우는 소리에
몸을 씻고 암자에 오른다

향긋한 풀 내음 산 내음은
푸른 청자에 가득 담고

쏟아져 내리는 별빛은
은쟁반에 소복이 주워 담았다

밤이슬 곱게 곱게 쓸어 모아
옥잔에 청수로 담아 올리고

부처님께 새벽 공양을 올린다
눈물로 백팔배를 올린다

어머님의 만수무강을 위하여
빌고 또 빌고 내려오는 길

하얀 고무신은 풀 이슬에

촉촉이 젖어드네.

- 「어머님 나의 어머님 1」 전문 -

부모자식사이는 인연이 아닌 천륜이다 말로써 맺어지
는 것이 아니고 말로써 끊어낼 수 있는 것도 아니다.

천륜으로 이어짐은 하늘의 뜻이라는 말이다. 그래서일
까

어머니는 자식을 위해 목숨도 아깝지 않을 만큼 자식
을 지킬 수 있는 준비가 되어있음을 우리는 알 수 있다.
끝없는 사랑과 더불어 서로 간에 존재한다.

이재희 시인도 어머니를 위해 목숨바칠 만큼 깊은 효
심이 있다는 것을 알 수 있다.

섬세한 시詩로 깊은 뜻을 보여주고 있다.

살아가며 가족을 가장 소중하게 생각할 것이다 그렇다
고 무한정 평생을 함께 살 수도 없어 언젠가는 헤어지는
아픔을 견뎌야 할 것이다 한번 만나면 헤어져야 한다는

회자정리會者定離라 했다. 그러한 인연을 시마다 아쉬
워하는 감성이 안타깝다.

천석꾼 면장의 따님
하도 이뻐 너무 이뻐
열아홉에 꽃가마 타고 오셨네

열일곱 식구에 큰 능금밭 많은 논밭
능금꽃이 피고 지고 일흔다섯 번
허리에 찬 곳간열쇠도 닳았네

한생을 눈물과 희생과 헌신으로
베풀고만 살아오신 나의 어머님
이제는 만인의 어머니가 되시어

조용히 누워만 계신다
낙엽이 지고 지고 꽃이 다시 피어도
긴긴 하루를 천장만 쳐다보신다

다음 세상에는 하늘에
별이 되시고 달이 되소서
불효자는 밤마다 바라볼래요.

- 「어머님 나의어머님 2」 전문 -

수준 높고 존귀한 가정에서 태어나신 어머님 어려서

시집오셔 나를 낳으시고 기르며 살아오는 동안 누구보다 날렵하시고 수준 높은 집안 살림 관리하며 주위에 어려운 사람에게 보시하는 아름다운 발자취가 떠오른다.

주마등같이 스치고 지나가는 지나간 옛일을 생각해본다.

누워계신 어머님 모습에 옥황상제를 만나 호소하고 싶고 저승사자를 찾아 하소연이라도 하고 싶은 심정이다. 오래오래 함께 살게 해달라고 도저히 인정할 수 없는 현실에 안타까운 효심을 억제하지 못하고 눈물을 보인다.

하늘에 반짝이는 별빛으로 아니면 달빛으로 어머님얼굴을 언제까지나 볼 수 있기 바라는 마음이 너무나 슬프다.

갈라진 손톱을 깎아 드리고
허어연 발톱도 깎아 드리고

남은 머리카락 손질해 드리고
만 가지 서러움이 밀려온다

여위신 몸 씻겨 기저귀를 갈아 드리니
아무런 표정 없이 바라만 보신다

나를 낳아 길러 주시고 남으신 빈 몸

가슴을 저미게 하는 가느다란 숨소리

내 마지막 남은 소망도 져 버리시려나
뉘우치는 마음 눈물로 밤을 지새우는데

오롯한 달빛은 밤바람을 울리고
뒷 산 소쩍새 이 가슴을 적시네.

- 「가느다란 숨소리」 전문 -

이재희 시인은 정말 효심이 지극한 효자라 아니할 수
없다.

이 세상에서 어머니와 자식 간의 사이가 가장 가까운
사이가 아닐지 생각하게 한다.

지난날에 어머니의 사랑을 받고 살아온 은덕을 평생
갚아도 못다 갚을 것으로 생각하며 누워계신 어머니에
게 애정 어린 감정과 효심을 마음껏 보인다 해도 눈웃음
조차 없이 가느다란 숨소리로 바라보는 모습에 어떻게
하면 좋을지 손톱 발톱을 깎아드리고. 살아오신 기록을
하얗게 간직한 머리를 손질하고 목욕을 시켜드리고 할
수 있는 모든 일 다한다 해도 모자라 안정부절 하는 마음
이다. 받은 사랑 갚는다 하기보다 자식 된 도리가 더 값
지게 생각하는 효심의 감정을 누구에게 하소연도 못하

고 눈물로 조용히 비치는 달빛과 별빛을 보며 서글픈 속
마음을 소쩍새에 달래는 모습이다.

삶이란 무엇인가
덧없이 흘러가는 구름인 것을
때로는 흔들리고 싶을 때
나 혼자 찾아오는 운문 땜
나 스스로 나를 달래고
쓸쓸히 돌아가는 곳
오늘은 빈 가지에 찬 바람만 스치고

아직은 할 일이 너무 많아서
아직은 내 삶이 너무 바빠서
나 스스로 나를 묶어놓고
나는 한 번도 흔들리지 못했다

불쌍한 인간이라고
운문땜 저 물은 나를 보고
한없이 비웃고 있겠지
마지막 남은 내 인생
나는 내 삶에 정성을 다하기 위해
남은 몸 다 부서져도
때로는 마음까지 부서져도

나는 흔들리지 말아야 한다

오늘도 부처님께
어머님의 만수무강을 빌고
돌아서는 이 마음.

- 「흔들리고 싶을 때」 전문 -

 살람이 살아가는 길은 어떻게 살아야 한다는 정론은
없는가 싶다.
 저마다 주어진 숙명 속에 거부하지 못하고 나름대로
최선을 다하며 살아가고 있다.
 하지만 욕심은 아니고 소박한 생각에 바라는 대로 잘
안되어 실망감으로 외로움을 느낄 때도 있고 힘이 빠져
늘어진 마음 달래고자 할 때도 있어 깊이대화할 사람이
나 어떤 연관성 있는 곳을 찾아가 들리지 않는 대화 주
고받으며 한숨도 깊이 쉬고 싶기도 한다. 어느 때는 좋은
생각으로 성취할 수 있는 답을 찾기도 한다.
 오늘도 언제나 그렇듯이 평소 못다 한 부족한 효심의
부담에 억눌려 흔들리는 나뭇가지 같은 심란한 마음 바
로 세워 다짐하는 효심을 보여준다.
 창밖의 대추나무에 앉아 짖어대는 까치가 참으로 귀엽
게 보인다.

원효대사는
요석 공주를 안고
춤을 추고
설총은
개나리 꽃길을
아장아장 걸어가네요

도랑물은 안개로 피어
하늘로 날고
솔바람은 머리칼을
휘날리며 노래 부르고

바위는 젖통을 흔들며
하모니카를 불고
도깨비는 무지개로
줄넘기를 하네요

구름은 술잔을 들고
너 한잔 나 한잔
나무들은 일제히
걸어 나와
뿌리를 하늘로 내놓고
거꾸로 서서

춤을 추는 구룡산.

– 「반룡사 축제」 전문 –

반룡사는 경산 구룡산에 있다 그리고 평양에 하나 있고 고령에도 있다.

반룡사 축제에 대한 시를 읽어보면 효심을 잠시 떠나 관광 나온 기분전환으로 또 다른 맛이 있다. 재미있고 윗트가 있는 아주 즐겁게 맞이해 읽어 본다.

시인은 다양한 재능으로 표현의 재주가 있다는 것을 이 시를 통해 알 수 있다.

구룡산 반룡사에 가면 원효대사 발자취를 살펴보며 역사공부도 할 수 있어 좋다.

이 시를 읽으면 머릿속에 사찰과 부처님 모습의 이미지가 저절로 그려진다.

밤 두 시 하늘에 별을 안아와
연분홍 사랑종이에 하나하나
아름답게 정성을 다해 부친다

내 사랑 고운님에게 보내려고
사랑 글자도 예쁘게 새기어
따스한 입김으로 붙여본다

하늘아래 제일로 어여쁜 사람

참으로 곱고도 고운 그대는

영원히 피어 있는 한 송이 꽃

별의 마음으로 새긴 편지 한 장

오늘도 차곡차곡 곱게 접어

내 사랑 마음 보자기에 고이 간직하네.

– 「여름밤의 편지」 전문

깊은 밤 정화된 맑은 하늘에 별들이 밀어를 속삭이고 있다.

어떠한 사랑의 그리움을 소곤거릴까.

별빛도 고요로 하여 허영심 없이 반짝이는 밤 두 시경이다.

애절한 사랑의 모습을 찾아 맑은 영혼의 순수純粹한 감정을 마음껏 보여주고 싶어 한다.

사소한 부분까지 정성을 다해 사랑의 편지를 쓰는 마음이 정말 진정성이 보인다. 사랑이란 본래 맑은 영혼으로서 가식이 없어야 한다.

깊은 본심이 자유롭게 전달되는 여름밤에 외로움을 감당 못하는 표현이 아닐지……,

청자빛 하늘에는
꽃구름 한 송이
눈 속에 넣어야 할
오색단풍 황홀하여라

가을 햇살에 눈부신 은행잎
노란 순정 부끄러워하고
곱게 물든 단풍잎 사이로
날으는 새소리 명랑하다

하얀 머리 갈대 저들끼리
온종일 몸만 비비는데
하늘아래 제일로 어여쁜
우리님은 낮달로 떠있네.

– 「팔공산의 가을」 전문 –

가을은 산뜻한 바람과 흰구름 높이 떠있는 모습이 쾌청하다.

황금빛 벌판 풍년을 보여주는 가을에 결실의 계절로 하여 결혼시즌으로 바쁘다.

늦가을은 엽록체 차단으로 아름답게 단풍으로 변한 모습 자랑하다 떨어지는 낙엽의 마지막 잎새로 슬픈 계절이라 말하기도 한다.

하지만 시인은 저녁노을 햇빛으로 반사되는 붉은 나뭇잎의 아름다움을 시적감각으로 잘 표현하고 있다. 팔공산에서 시를 읽어보면 얼마나 아름다움일까 머릿속으로 그려보게 한다. 귀여운 다람쥐도 과식으로 방귀소리를 낸다.

아지랑이 아롱아롱 피어 올라
팔공산 가는 길을 막고 있네

떼 지어 피어난 개나리
노오란 종소리로 흔들어대고

계곡의 맑은 물은
옥 소리로 흘러내린다

서쪽새 밤새도록 피 끓게 울어
진달래를 곱게 물들어 놓았네

저녁노을 나래를 접어
밤으로 포근히 안기면

은은한 달빛도 잔잔한 별빛도

진달래꽃가지마다 내려 쌓이는 밤

나는야 금빛으로 쏟아붓는
별 꽃밭에 잠들어 볼래.

– 「팔공산의 봄」 전문 –

저 유명한 금강산을 봄에는 금강산, 여름에는 봉래산, 가을에는 풍악산, 겨울에는 개골산이라 부른다. 계절마다 아름다움이 다르기에 산이름도 걸맞게 부친다.

팔공산도 계절마다 색다른 모습으로 봄을 음미할 수 있는 시어로 잘 보여주었다.

봄은 본래 희망의 봄이라 했다 봄 오는 소리 꽃망울 터지는 소리

나뭇가지 풀뿌리도 새싹 돋아 연두색을 준비하고 산새들도 새로운 보금자리 짖고 다듬고 있다. 생물의 본질인 종족번식으로 활발하게 움직인다.

우리네 인생도 봄으로 하여 저마다 기대하는 희망의 계절로 꿈을 꾸고 있다는 인상을 잘 보여준다.

성암산 넘어 저 쪽에
누가 사나

서쪽새 밤새도록
피 끓게 운다

백자산 넘어 저 쪽에
누가 사나

꽃봉오리 터지는 소리
산천이 요란하다

갓바위 넘어 저쪽에
누가 사나

봄새들 지저귄다
꽃을 물고 속삭인다

내 가슴속에는 누가 사나
우리 어머님 우리 가족 정겹게 살지

- 「산 넘어 저쪽에는」 전문 -

산 넘어 저쪽에 누가 어떻게 살고 있는지
그곳은 얼마나 좋은 곳인가
아니면 참으로 더 힘들게 사는 곳일지

이재희 시인은 독자를 여러 방향으로 상상하게 유도하고 있다.

그곳에 사는 사람들은 천궁 속에 살고 있는지

아니면 우리보다 고통받으며 살고 있는지

아름다운 선녀 선남들이 살고 있는지

그곳에 가면 과외공부 안 하고도 대학 가는지

그곳에는 거짓말하지 않고 착실하고 진실한 사람들만 사는지

열심히 일하면 일한 만큼 열등 감 없이 살 수 있는 곳이겠지

머리 싸매고 공부하여 성적이 좋아 지름길 찾는 사람에게 빼앗기지는 안을 거야 분명히. 상상의 나라로 나를 인도하고 있다.

기본적인 도덕 예의로 양심 있고 상식을 아는 사람들 살고 있을 거야.

그곳에 사는 사람들은 서울이 좋아 몰려가지는 않을 거야...

마음이 아플 때

쳐다보던

하늘

몹시도 괴로울 때

바라보던
하늘

너무도 외로울 때
우러르던
하늘

그 하늘 아래서
이제는 아무 말 없이
쳐다만 본다

말이 없는
저기 저
하늘.

– 「하늘」 전문 –

이재희 시인은 독자에게 시詩로 하여 상상할 수 있는
여러 바탕의 자료를 주고 있다.

물 한 목음 먹고 하늘을 보는 닭의 심정은 분명 아니
다.

왜 하늘을 바라보고 올려 볼까.

사람들은 살아가면서 하늘이나 땅은 이 마음 알겠지

한다.

　억울하거나 생각하지 않는 일로 힘이 들 때 어디에 호소할 곳도 뒷배도 없는 힘없는 사람이 바라보는 하늘, 오로지 하소연할 곳은 하늘뿐이기에 입속으로 중얼중얼한다 그것이 바로 아쉬운 참된 기도가 아닐지.

　알아줄 곳은 하늘뿐이다 하는 깊이 믿는 마음에 서다 은연중 마음에 드는 응답 주기를 바라는 연약한 인간의 마음이리라.

발문跋文

　이재희 시인의 시집출간을 진심으로 축하하며 여러 사람에게 많은 사랑받기 바란다. 한 권의 시집을 출간하기까지 상당한 고뇌로 하여 성사시킨 보람은 말로써 표현하기 어렵다. 이재희 시의 소재는 보편적으로 가슴속에서 울어나 실질적으로 체험한 대로 순수하게 효심에 중점을 두고 시로 승화하여 사실적으로 쓴 시다.

　보는이마다 깊은효심에 감동있게 읽을것이다. 가족이 분포되어 살아가는 요즘은 효심을 보여줄 기회가 다소 적어 소홀해 가는 사회풍조에 좋은 본보기로 많은 사람이 습독하기 바란다.

살아오는 동안 보고 느끼고 삶에서 깨닫는 그 감정을 보여주는데 서정적抒情的으로 자연을 고품격으로 노래하고 즐기며 소중함을 시로 보여준다. 가는 곳마다 시詩의 소재로 대하고 시를 가슴속깊이 머릿속깊이 간직하고 모두 시로 쉽게 연결하고자 하는 열의가 보인다. (관조미, 감성미, 숭고미, 우아미, 단아미, 상징미,...)

날로 발전하여 관조미와 더불어 다양한 미美가 배어있는 시를 보여주는 제2집 제3 시집발표에 기대해 본다.

2024년 02월 22일

수필·시인 이경민